Cantre'r Gwaelod

Meinir Wyn Edwards
Lluniau gan Gini Wade

O dan y môr a'i donnau
Mae llawer dinas dlos,
Fu'n gwrando ar y clychau
Yn canu gyda'r nos.
Trwy ofer esgeulustod
Y gwyliwr ar y tŵr,
Aeth clychau Cantre'r Gwaelod
O'r golwg dan y dŵr.

Os ewch chi i sefyll wrth y môr yn Y Borth ger Aberystwyth neu ar draeth Aberdyfi ar ddydd Sul tawel braf, fe allwch chi glywed sŵn clychau'n canu allan yng nghanol y tonnau. Bae Ceredigion yw enw'r darn yna o fôr ond mae'n debyg nad oedd môr yno o gwbl amser maith yn ôl.

Mae'n anodd dychmygu heddiw fod yno bentrefi prysur mewn ardal o'r enw Cantre'r Gwaelod.

Gwyddno Garanhir oedd brenin Cantre'r Gwaelod. Roedd e'n ddyn caredig a byddai'n gwneud yn siŵr fod pob un oedd yn byw yno'n hapus. Roedd yn byw mewn palas hardd o'r enw Caer Wyddno gyda'i wraig a dau o blant, Mererid a Gronw.

Ffermio oedd gwaith llawer iawn o'r bobl ac roedd Cantre'r Gwaelod yn enwog am ei ffrwythau blasus, yn enwedig grawnwin. Roedd y tir yng Nghantre'r Gwaelod yn wych ar gyfer tyfu cnydau fel gwenith ac roedd y caeau'n llawn llysiau. Roedd digon o fwyd i bawb ac roedd bywyd yn braf. Ond roedd gan bawb *un* ofn mawr oedd fel cwmwl du uwchben...

Y môr. Roedd y môr yn rheoli eu bywydau, ddydd a nos. Roedd wal uchel o gwmpas yr ardal i gyd er mwyn cadw'r môr allan oherwydd roedd y tir yn is na lefel y môr. Roedd rhaid gwneud yn siŵr fod y drysau mawr oedd yn y wal, y morglawdd, yn cael eu cau a'u hagor ddwy waith bob dydd. Gelyn pawb yng Nghantre'r Gwaelod oedd y môr a byddai mam yn rhybuddio plentyn drwg,

"Gwylia di! Fe fydd Gwenhudwy, bwystfil y môr, yn dy daflu di mewn i'r tonnau!"

Doedd dim syndod felly fod y môr yn codi arswyd ar bob plentyn yng Nghantre'r Gwaelod!

Oherwydd hyn, y gwaith pwysicaf i gyd oedd gofalu am y morglawdd ac roedd rhaid cael person arbennig i wneud y gwaith. Roedd yn rhaid i'r person hwnnw fod yn gryf, yn gyfrifol ac yn rhywun roedd pawb yn gallu dibynnu arno.

Seithennyn a gafodd y gwaith o ofalu am y morglawdd ac roedd e'n ddyn pwysig a chyfoethog. Roedd ei dad yn Dywysog Dyfed ac yn ffrind mawr i Gwyddno Garanhir. Ei waith oedd cau'r drysau yn y morglawdd ddwy waith y dydd pan fyddai llanw'r môr yn dod i mewn, ac agor y drysau ddwy waith y dydd pan fyddai'r môr ar drai, neu'n mynd allan. Felly, fe fyddai pawb yng Nghantre'r Gwaelod yn ddiogel.

Ond sut ddyn oedd Seithennyn tybed?

Wel, doedd e *ddim* yn berson cryf, doedd e *ddim* yn gyfrifol a doedd e *ddim* yn berson y gallai pawb ddibynnu arno. Roedd rhaid cael gwylwyr i'w helpu, i wylio'r môr drwy'r dydd a thrwy'r nos. Ac os oedd angen rhoi rhybudd i'r bobl fod storm ar y ffordd, fe fyddai'r gwylwyr yn canu cloch y tŵr.

Dau o'r gwylwyr oedd Gwyn a Llewelyn. Roedden nhw wrth eu bodd yn cerdded ar hyd y morglawdd uchel ac edrych allan i'r môr. Roedd y ddau wedi mynd dipyn yn hen ond roedden nhw'n dal i siarad cymaint ag erioed. Doedd eu tafodau ddim wedi mynd yn hen o gwbl!

"Wyt ti 'di clywed am y wledd 'te?" gofynnodd Gwyn un diwrnod braf.

"Wel ydw. Mae p-pawb wedi c-clywed am y wledd," meddai Llewelyn yn araf.

"Wyt ti 'di cael gwahoddiad 'te?" holodd Gwyn.

"Wel nac ydw siŵr. Dydw i ddim digon p-pwysig i g-gael gwahoddiad," meddai Llewelyn.

Roedd *pawb* yng Nghantre'r Gwaelod yn siarad am y wledd. Dyma'r wledd fwyaf a phwysicaf ym mhalas Gwyddno Garanhir ers amser maith.

Roedd Mererid, y dywysoges, yn cael ei phen-blwydd ac roedd cannoedd o bobl, o bell ac agos, wedi cael gwahoddiad i'r wledd. Roedd llongau mawr crand yn cyrraedd Cantre'r Gwaelod, rhai wedi teithio o Ffrainc yn ôl pob sôn. Roedd Mererid yn ferch hardd iawn ac roedd ei thad wedi trefnu'r wledd er mwyn iddi, gobeithio, ddod o hyd i gariad a fyddai'n ei phriodi.

Ond doedd Gwyddno ddim yn sylweddoli fod rhywun eisoes dros ei ben a'i glustiau mewn cariad â Mererid. Rhywun cyfoethog a phwysig, ac roedd y brenin a'r dywysoges yn ei adnabod yn iawn. Ie, Seithennyn. Ac roedd Seithennyn wedi penderfynu y byddai e'n dweud wrth Mererid ar ddiwrnod ei phen-blwydd ei fod yn ei charu.

Cyrhaeddodd diwrnod y wledd ac roedd pawb yn brysur yn addurno'r tai a'r pentrefi gyda rhubanau a baneri pinc a gwyn. Roedden nhw eisiau dymuno pen-blwydd hapus iawn i'r dywysoges Mererid.

Roedd hi'n ddiwrnod braf, yr awyr yn las a digwmwl, pan ddechreuodd y wledd tua dau o'r gloch y prynhawn. Roedd pawb allan ar y strydoedd yn gweiddi ac yn canu. Ond roedd Gwyn a Llewelyn ar y morglawdd ers oriau, yn disgwyl i Seithennyn ddod i ddweud wrthyn nhw am fynd adre a bod dau wyliwr arall yn dod i gymryd eu lle. Ond doedd dim sôn am Seithennyn.

Roedd Seithennyn yn mwynhau ei hun yn y wledd – yn bwyta'r bwyd gorau, yn yfed y gwin gorau ac yn dawnsio a chanu gyda'r ferch orau yn y byd. Roedd ar ben ei ddigon – hwn oedd diwrnod gorau ei fywyd!

Gwahoddodd y brenin y telynor gorau i ganu penillion i Mererid ac i ganu'r delyn. Roedd y telynor yn ddall ac fe rybuddiodd y byddai storm fawr yn dod. Ond chwerthin wnaeth rhai a'i wfftio,

"Hy! Storm? Mae'n ddiwrnod bendigedig," meddai'r brenin.

"Na, peidiwch â phoeni, does dim arwydd o storm," meddai Seithennyn yn wawdlyd.

Ond erbyn iddi nosi, roedd cymylau mawr du'n agosáu at Gantre'r Gwaelod. Dechreuodd y gwynt chwythu'n gryf o gyfeiriad y de-orllewin. Dechreuodd fwrw glaw'n drwm ac roedd mellt yn goleuo'r awyr dywyll. Roedd Gwyn a Llewelyn ar y morglawdd o hyd, wedi blino'n lân ar ôl gweithio ers oriau mân y bore.

"Ble mae Seithennyn? Ddylwn i fynd i chwilio amdano?" gofynnodd Gwyn yn flin.

"Wel, ie, c-cer di. Rwyt ti'n gallu c-cerdded yn gynt na f-fi," meddai Llewelyn.

Wrth i'r ddau siarad, dyma'r gwynt yn rhuo a'r tonnau'n codi'n uwch ac yn uwch.

"Beth am y drysau 'te?" gofynnodd Gwyn. Roedd rhaid iddo weiddi erbyn hyn oherwydd roedd sŵn y taranau a'r tonnau'n boddi eu lleisiau.

"C-cer di i nôl help ac fe af i i g-ganu c-cloch y tŵr," gwaeddodd Llewelyn.

Gwahanodd y ddau - a welodd neb y môr yn llifo fel afon drwy'r drysau, a chlywodd neb gloch y tŵr yn canu.

Pan gyrhaeddodd Gwyn y palas clywodd sŵn chwerthin a chanu. Gwelodd Seithennyn a Mererid yn dawnsio'n hapus gyda'i gilydd. Roedd rhaid eu rhybuddio am y storm, a hynny'n sydyn.

"Esgusodwch fi!" gwaeddodd ar dop ei lais. "Esgusodwch fi!"

Stopiodd y gerddoriaeth ac roedd pawb wedi troi i edrych yn syn ar Gwyn.

"Rhaid i chi wrando!" gwaeddodd, â'i wynt yn ei ddwrn. "Mae 'na storm ofnadwy. Rhaid i chi ddianc, yn bell o'r môr."

Rhedodd pawb allan o'r palas a gweld y tonnau uchel yn cael eu chwythu tuag atyn nhw. Rhaid dianc! Rhaid rhedeg oddi wrth y storm ddychrynllyd! Rhaid cyrraedd y mynyddoedd! Yn gyflym, gyflym!

Aeth Cantre'r Gwaelod o dan y môr yn y flwyddyn 600. Boddwyd cannoedd o bobl ar y noson ofnadwy honno. Cafodd rhai eu hachub wrth ddianc i dir uchel ond roedden nhw wedi colli eu tai a'u heiddo i gyd.

Aeth un ar bymtheg o bentrefi o dan y dŵr. Cafodd Caer Wyddno, palas hardd y Brenin Gwyddno Garanhir, ei chwalu gan y tonnau a'r gwynt a dim ond pentyrrau o gerrig yma a thraw oedd y morglawdd hir.

Cafodd Gwyddno Garanhir ei achub, ond dyn trist iawn oedd e. Roedd e wedi torri ei galon am ei fod wedi colli Cantre'r Gwaelod am byth. Roedd e i'w weld yn aml yn eistedd ar lan y môr yn pysgota ac yn edrych allan ar y tonnau yn llawn hiraeth.

Fe briododd Seithennyn a Mererid a symud i Ogledd Cymru i ddechrau bywyd newydd. Ond cofiwch fod llawer yn beio Seithennyn am foddi Cantre'r Gwaelod.

Trwy ofer esgeulustod
Y gwyliwr ar y tŵr,
Aeth clychau Cantre'r Gwaelod
O'r golwg dan y dŵr.

Cyfres Chwedlau Chwim

5 o hen chwedlau a straeon gwerin Cymreig i blant o bob oed!
£1.95 yr un.

Rhys a Meinir
Cantre'r Gwaelod
Dic Penderyn
Gwylliaid Cochion Mawddwy
Maelgwn Gwynedd

Hefyd ar gael:

Welsh Folk Tales in a Flash!

Cyfres Chwedlau Chwim wedi eu haddasu i'r Saesneg gan
Meinir Wyn Edwards.

Rhys and Meinir
Cantre'r Gwaelod
Dic Penderyn
Red Bandits of Mawddwy
Maelgwn, King of Gwynedd